시의 유방

시의 유방
김석천 시집

지은이 | 김석천
펴낸이 | 임형오
펴낸곳 | 미래문화사

찍은 날 | 2014년 4월 16일
펴낸 날 | 2014년 4월 18일

등록 번호 | 제1976-000013호
등록 일자 | 1976년 10월 19일
주소 | 서울시 용산구 효창동5-421 1F
전화 | 02-715-4507, 02-713-6647
팩스 | 02-713-4805

전자우편 | mirae715@hanmail.net
홈페이지 | www.miraepub.co.kr

ⓒ김석천 2014, 미래문화사
ISBN 978-89-7299-424-4 03810

시詩의 유방

김 석 천 시집

미래문화사

틈틈이 물을 주며 가꾸어 온 시들이
제법 파랗게
한 뼘이나 자랐습니다.

제 생각으로는 이제
옮겨 심어도 될 것 같아
이앙기에 올려놓았습니다만

잘 자랄지 모르겠습니다.

"*내 무덤 위에 자랄
숱한 잡초 속에
한 포기라도 남아
꽃 피었으면 좋겠습니다"

※본인의 졸시 '황혼 길' 끝 부분.

2014년 봄
김석천金石川

차 례

2

3

1

모자이크 준비

모자이크 준비

지금까지
사진기가 찍어 놓은 내 얼굴은
모두 진짜가 아니다

모처럼 내 진짜 얼굴 하나 만들어 놓고 싶어
밑그림 그려 놓고 모자이크 준비를 한다

잃어버렸던
과거와 외투도 찾아다 손질해 놓고
장롱 속 보석과 비밀도 꺼내 닦아 놓는다

지갑은 펼쳐서 붙이는 것이 좋겠고
슬픔에 젖은 운동화는 빨지 않고
고랑내도 함께 붙였으면 좋겠다

내장은 분해해서
소화력이 약한 위장병도 걸어 놓고
불의不義를 분해 못하는

간도 꺼내 걸어 놓고

내가 걸어온 구절양장도 예쁘게 오려 놓는다

붙일 것이 너무 많다

바늘의 눈물

바늘이 울고 있다

꿰매 주려는 자기를
송곳으로만 생각하니 슬픈 것이다

바늘이 선뜻
앞에 나서지 못하는 이유도
바로 거기에 있다

바늘은 자신을 자책하며
슬픔을 깁는다

암벽타기

암벽 중간중간에 박혀있는 저 쇠붙이는
누구의 실패인가

암벽 아래 촉촉한 물기는
누구의 땀방울인가

도대체
그 위의 경치가 얼마나 좋길래

아무나 함부로 올라오지 못하게 하니까
더 올라가고 싶은 것이다

암벽을 타기 위해
사람들이 장비를 점검하고 있다

후회

어젯밤 모임은
차라리 안 나가는 게 좋았다

술상도 나오기 전에
말들이 먼저 취해 비틀거렸다

나는 괜히
삽도 들어가지 않는 불모지에
나부랭이 같은 철학(?)을 심는다고
소중한 우정만 깨뜨렸다

그 깨진 조각들을 주워 들고
집에까지 왔다

아무리 맞추어 보아도 복원되지 않는다
잠을 설치고
오히려 더 날카로워진 모서리에
상처만 입었다

목에 가시가 걸린다

그가 무심결에
잠깐 열었다가 닫는 문틈으로
나는 그가 기르고 있는
고통의 꼬리를 보았다

언젠가도 한번
본 듯한 색깔이었다

슬며시
그의 심장 속에
손을 넣어 보지만
잡히는 것이 없다

그는 괜찮다는 듯 숨기려는 듯
그 위에 보토를 하고 나무를 심는다

혹시 내가
빌미가 되지나 않았는지

생각을 삼킬 때마다
목에 가시가 걸린다

아파트에 들어가는 자재

건축사인 사위에게 물어보았다

30평짜리 아파트 한 채 짓는 데
자재가 얼마나 들어가는지

레미콘이 약 80톤
그러니까 레미콘 차로
다섯 대 정도가 들어가고

철근은 10톤 트럭으로
한 차 정도가 들어간다고 한다

그런데 한 가지
물어보지 못한 것이 있다

월급쟁이가 그 아파트를
자기 집으로 완성시키려면
아직도 몇 년의 봉급을
몇 트럭이나 더 들이부어야 되는지를

태풍이 되고 싶거든

그대 진정
태풍이 되고 싶거든
먼저
태풍의 고향에 가보라

아무나 태풍이 되는 게 아니다

거기
바다에 가서
어떤 무서운
수온의 변화가 일어나고 있는지

그리하여
그 변화의 에너지 중심에 서서
바람을 휘감아야
비로소 태풍이 되는 것이다

이미 만들어져 불어오는 태풍에

올라타는 일은
휩쓸려 날아가는 한갓 쓰레기일 뿐
태풍이 아니다

이 세상 눈에 거슬리는 것들
모두 쓸어 날려버릴
태풍이 그립다

열쇠

문이 굳게 닫혀 열리지 않는다

여럿이 각자 열쇠를 가지고 왔지만
열리지 않는다

급기야
자기의 살을 깎아 만든 열쇠가 등장했다
금세 열릴 것 같더니
다른 열쇠의 자존심만 파손시켰다

이제
열쇠가 열쇠를 열려고 한다
더 어렵게 더 깊이 잠긴다

마침내
각자 가지고 온 열쇠를 모두 녹여
합금 열쇠를 만들었다

그제서야 열쇠가 들어가고
문이 스르르 열린다

아무리 크고 굳게 닫힌 문도
작은 열쇠 하나로 열린다는 것을 안다

할머님 묘소

그동안 친척이 보살피던 할머님 묘소를
이제야 찾아왔습니다

불과 이십 리밖에 안 되는 거리를 찾아오는데
10년이나 걸렸습니다
굽이굽이 삶의 골짜기와 산을 헤매느라
10년이나 걸렸습니다

핑계는 놓아두고 후회만 데리고 왔습니다

묘소 주변에 심었던 잔솔이
서까래를 할 만큼 자랐습니다
할머님의 기다림은 그보다 몇 배
더 자랐을 것입니다

할머님 죄송합니다

담배

그가 가지고 다니는 담배는
담배가 아니었다

가슴속에 고여 있는
고름을 빨아내는
10cm 빨대였음을 이제야 안다

옆에서 담배 피운다고
짜증 냈던 일이 미안하다

잔잔해지나 싶더니

이번엔 또 어디 발 폭풍인가
이제는 좀 잔잔해지나 싶더니
세상이 또 출렁이기 시작한다

하나의 파도가 잠들면
또 옆에 있는 파도가 깨어나고
파도가 파도를 일으키고
파도가 파도를 잡아먹는다

유능한 항해사는
이런 때 돛을 올리나니
너무 겁먹지 말자

뒤집혀지지만 않으면
파도는 곧장 바람을 타고 하늘로 올라가
마침내
태양으로 부서져 내리나니

너무 두려워하지 말자

출렁인다고 하는 것은
잠잠해지기 위한 몸짓이다

파도여
터지려면
한꺼번에 폭발하라

큰 나무

그는 언제나
나에게 큰 나무였다

나에게 그늘을 만들어 주었고
기대면 보듬어 주었다

그러던 어느 날
내 옆구리에 있는 흉터를 보더니
그것은 아무것도 아니라는 듯
자기의 부끄러움을 걷어 올리며
큰 옹이를 보여 주었다

나는 오솔길 따라
그 옹이 속으로
깊숙이 들어가 보았다

옹이 속은
눈물이 말라 송진처럼 굳어 있었고

복잡한 사연들이
거미줄을 치고 있었다

그래도 나무는 오히려
나를 위로해 주었다

그의 관심의 뿌리가 나에게까지
그토록 깊이 뻗어 있는 줄 몰랐다

나는 헛된 꿈 잘라내기 잘했다는 생각으로
위로를 받는다

미련

당신은 이번에도
오지 않았습니다

당신을 위해 비워 둔 방에
덩그러니 앉아 있는 것은
나이 많은 세월뿐이었습니다

그래도 나는
미련 하나 걸어놓고
오늘도 기다립니다
방에 따뜻이 불을 때 놓고
기다립니다

대문 쪽에서
바람 소리만 들려도
당신이 오는 것만 같아
가슴에 달이 뜹니다

나룻배

나룻배가 줄을 서 기다리고 있다
강 건너에 대한 목마름이다

아니
물살을 가르며 강을 지우고 다니는
커다란 지우개다 너는

요즘은
외진 산골 몇 집 안 되는 마을 앞 강가에도
나룻배가 떠 있다

강이 있으면
으레 거기 나룻배가 있기 마련인데

왜 우리는
남북을 가로막고 있는 바다에
배 한 척 띄우지 못하는가

바람이 일자
강물도 답답한 듯 출렁이기 시작한다

호떡

뜨거운 철판 위에서
동그랗던 밀가루 반죽이
위에서 누르는 압력에 못 이겨
중간에서 어쩔 수 없이
울면서 납작해진다

울다 못해
속에서 피가 부글부글 끓는다

내려앉던 햇살들이
다 증발되고 만다

호떡은 누구의 입맛에 다가가기 위해
납작해졌는지도 모르고
체념의 봉투에 담겨 팔려나간다

차라리
뜨거운 기름에 튀기더라도

자기의 모양을 잃지 않는
도넛이 부러울지 모른다

가마솥

옥수수 장수 할머니가 연신
가마솥 아궁이에 장작을 넣고
불을 지핀다
옥수수가 덜 익었나 보다

나도 그동안
잘 익지도 않는 일본어를 삶는다고
많은 불을 땠다

요즘은 그 가마솥에
갓 캔 생둥이 시詩들을 넣고
불을 땐다

여기저기 흩어진 자투리 시간들을 긁어모아
아궁이에 태운다

70대 중턱에서 제법 많은 시를 캤다

산의 위와 아래

산에 올라서니
산 아래에 있을 때 보이지 않던 것들이
새로 보이고
산 아래 있을 때 잘 보이던 것들은
오히려 보이지 않는다

이것이 산 위·아래의 맹점이다

지혜로운 사람은
자기의 위치가 높아질수록
반드시
눈 하나는
산 아래에 놓고 올라간다

주차

주차할 곳이 없어
차를 가지고 다니기가 싫어졌다

웬만한 곳이면 걷거나
대중교통을 이용한다

마음을 아무 데나 주차할 수 있어 좋다

좀 느리면 어떠냐
좀 불편하면 어떠냐

언제부터 우리는
자가용 아니면 불편했던가
언제부터 우리는
휴대폰 아니면 갑갑했던가

자가용도 휴대폰도
불편함도 갑갑함도

조급함도 불안감도 궁금증도
모두 집에 주차해 놓고
홀가분하게 돌아다니고 싶다

금강산에서

꿈에만 그리던 금강산
왔다는 것이 꿈만 같다

지척에 두고도 밟지 못하던 땅
누가 우리의 발길을 막았던가

전쟁과 분단의 아픔 속에서도
정갈함을 잃지 않은 계곡 물

차마
손을 씻기가 아까워
한 움큼 퍼 올려
목말랐던
조국에 대한 갈증을 푼다

이 깨끗한 계곡 물처럼
순수한 민족으로 돌아간다면
누가 여기서 사상을 논하리

입구에서부터
길 양편에 도열하여
그토록 우리를 환대해 주던
적송赤松들이 부끄럽다

어서 오라고 손짓하는 만물상이 부끄럽다
철없이 이글거리는
단풍들이 부끄럽다

술안주

술꾼들은
많은 안주 필요 없어요

재떨이 1인분에
꾸불꾸불한 세상 한 접시면
술 한 병 다 먹어요

남자들은
많은 안주 필요 없어요

쫄깃쫄깃한 여자이야기 한 접시면
술 한 병 다 먹어요

술 못먹는 사람도
그 안주는 잘 집어 먹어요

못

지금이 얼마나
밝은 세상인데

이웃 나라 어느
애국자라는 사람들 머릿속에
왜곡歪曲의 못이 박혀도
너무 깊이 박혀 있다

입을 벌릴 때마다
그 못 끝이
입속까지 튀어나와
참으로 볼썽사납다

치과도 필요 없다
공구상에 가면 된다

2

시의 유방

시의 유방

내 시詩가 착용하고 다닐
브래지어를 고르느라 고민을 한다

젖가슴이 너무 드러나도 천하게 보이고
너무 난해한 은유의 천으로
투박하게 꽁꽁 동여매 놓으면
민가슴같아 설렘이 없고
너저분한 장식품을 다는 것은 더 촌스럽다

가슴이 보일락말락한 크기와
부드러운 질감이 전달될 수 있는
그런 천을 고르기가 쉽지 않다

시의 유방은
혼자만 숨겨놓고 만지작거리는
전유물이 아니기 때문이다

기차

내가 지금까지
레일로만 달려온 벌판은
살얼음판이었다
별다른 고장이나
탈선이 없었다는 것은

그땐
두려움도 없었다
아무것도 보이지 않았다
앞만 보고 달렸다

그러나 지금은
모든 걸 다 내려놓은
홀가분한 하행선

하지만 어쩐지 뒤가 허전하다

나는 그 덜컹거리는

몇 칸의 공허감을 채우기 위해
아직도 몇 개의 역을 더 거쳐야 한다

별빛이 가득 찰 때까지

억새꽃

성질이 억세어 억새라 했던가
대궁이고 잎이고 도무지
억세고 날카로워
걸핏하면 남의 손을 베기 일쑤였다

그러던 네가
어느덧
머리가 하얘지고
그 성질 어디 갔는지

부드럽게 바람에 순응하는 걸 보면
너도 나이는 속이지 못하는구나

곱게 빗은 하얀 머릿결이
한결 아름답다

어떤 꽃나무

아직 많지도 않은 나이에
혼자되어
언제나
외롭고 어둡게만 보이던 꽃나무 하나

거기 창이라도 하나 내주고 싶어
그 옆에
내가 좋아하는 나무 하나를 심어주었다

서로 외로움을 비비며
추운 겨울 이겨 내라고
행복의 열매 따먹으라고

얼마 전에 또 우연히
길을 가다 꽃나무를 만났다

그런데 어쩐지
그의 표정 속에 나무가 보이지 않는다

뽑아 버렸나 시들어 버렸나

꽃나무는 잔가지에
실망만 주렁주렁 매달고 있었다

알고 보니
그 나무는
내가 심어 줄 때의 나무가 아니고
엉뚱한 모습으로 자랐던 것 같다

나는 괜히 꽃나무 옆에
미안한 생각만 널어 놓고 왔다

높은 산 속에서

밑을 내려다보고서야
내 나이가 높다는 것을 안다

정상도 얼마 남지 않은 것 같다

잘 해야 10년

계단마다
심고 싶은 나무들이 많다

주변에 쌓인 낙엽 속에
많은 회한과 추억과 열매들이 떨어져 있다

나는 그것들을 주워 모아
묵을 쑤고 싶다

바위와 나무 등걸 사이
겨우내 얼어 있던 욕망들이

녹아 흘러내린다

이 높은 산 속
새소리가 그리워서인지
체념의 가지에
딱정벌레처럼 엎드려 있던 꿈들이
다시 움을 틔우기 시작한다

산 아래 풍경들이
가슴에 수를 놓는다

새만금 방조제

바람을 가르며
백 리 길 새만금 방조제를 달려간다

바다 쪽에선 희망이 출렁이고
내륙 쪽에선 개펄의 울음소리 조개들의 울음소리
가슴을 찌른다

한쪽에선 포크레인과 불도저가
아무렇지 않다는 듯
그 울음소리 땅에 묻고 있다

간척지가 완성되면 무려 여의도의 140배
도대체 누가 이 거창한 꿈을 건조했을까

처음에는 워낙이 무겁고 큰 꿈이라
누구나 그런 공상은
이내 가라앉고 말 것으로만 생각했다
그런데 17년이 흘러간 지금

그 꿈은 기적처럼 바다 위에 떠올랐다

이제 역사는 바다 위에 쓰여질 것이다
100리나 곧게 뻗어 있는 이 길은
그 역사책에 그어진
붉은 밑줄로 남아 있을 것이다

바다 건너 중국이 보인다
세계가 다가온다
수평선 너머 태양이 솟구친다

양파

양파 껍질은 벗겨도 벗겨도
그것이 그것인 양 새로울 것도 없이
하얀 껍질만 반복해서 나온다

그러던 어느 날
그 양파를 쪼개다가
그 겹겹의 껍질 맨 중심부에
파란 새싹이 웅크리고 있음을 알았다

나는 그제서야
아내가 나에게 반복하는
잔소리의 중심부에
아내의 참사랑이
웅크리고 있었음을 안다

난센스 퀴즈

문: "나를 버리고 가시는 님은
    십 리도 못가서 발병 난다"
    이 말은 누가 한 말인지 아니?

답: 휴지(쓰레기)

문: 달력 속 공휴일이나 휴일은
    왜 빨갛지?

답: 근무 날짜 잡아먹었으니까
    피가 묻어 빨갛지

문: 우리나라에서 제일 긴 강은?

답: 허장강[※]

※허장강許長江: 타계한 유명 영화배우 이름.

브레이크

자유를 위해
내 몸에서 브레이크를 제거하는 일은
메이커만 다른
새로운 브레이크로 갈아 끼우는 일에 불과하다

자유를 위해
나를 가두고 있는 그물을
찢어 버리는 일 또한
나를 새로운 그물 속에
다시 가두는 일일 뿐

브레이크가 제거되는 것은 아니다

새로 장착된 불안은
제동거리가 더 짧고
새로 갇힌 불안의 감옥은
더 춥고 딱딱하느니

브레이크가 제거되는 것은 아니다

자유는
족쇄를 너무 풀어 놓으면 달아나고
너무 옥죄면 죽어버린다

인간은 오늘도
자유의 사육법을 놓고
투쟁이다

싱건지[※]

아내는
눈과 지푸라기를 헤집고
겨우내 땅속에 묻어둔 항아리에서
싱건지를 꺼낸다

시원하고 새콤하게 잘 익었다

내가 항아리에 묻어둔 시詩는
언제 시원하게 익을는지

※싱건지: 동치미를 전라도에서는 싱건지라고 많이 쓰고 있음.

느티나뭇잎

나는
느티나뭇잎 너를 이해한다

칼바람이 세차게 불 때마다
생명줄인 가지를 붙들고
놓치지 않으려고
악을 쓰고 펄럭이는 너를 이해한다

마치 이 나라 노동자들을 보는 것 같아
마음이 짠하다

아름드리 몸통에서도
가지의 가지에 붙어사는 가엾은 잎

우람한 느티나무는 아직도
자기가 잎을 먹여 살린다고 생각한다

자기가 오히려

잎을 빨아먹고 자랐다는 것을
까맣게 모르고 있다

장가계張家界[※]

전설 속 비경으로만 알았던
무릉도원

장가계에 와 보니
현실이었네

새들도 어지러워 앉을 수 없는
수백 미터 석순들의 밀림
인간을 거부하는 천길만길 절벽
태고의 숨결

와! 소리 외에는 표현의 길이 막힌다

※장가계: 중국 사천四川에 있는 비경의 산골 지방.

뼈와의 대화

혼자 산길을 걷다가
버려진 뼈를 만났다

심심해서 먼저
눈길을 주고 대화를 건넸더니
벌떡 일어나
'이 세상에 뼈 없는 것이 어디 있느냐
있으면 나와 보라고 해'하며
자존심을 곧추세우고
억울하다는 듯이 말을 퍼붓는다

그렇다
이 세상에 뼈가 없는 것은 하나도 없다

뼈가 없는 것 같은
공기나 물 속에도 원리라는 뼈가 있고
믿음이란 낱말 속에도 확신이란 뼈가 있다

참으로 똑똑한 뼈다

행복도

화단 옆을 지나다가
장미꽃 향기가 하도 좋아
꽃잎 다칠세라 나비처럼 살포시 앉아
꽃 속에 코를 뻗는다

어쩐 일인지
처음에만 물씬 향기가 나더니
오래갈수록 향기가 느껴지지 않는다

행복도
거기에 너무 오래 젖어 있으면
느끼지 못하는 법

장미꽃은 아무 마디에서나 피지 않는다
굽이굽이 아픈 가시밭길을 지나
맨 끝부분에서 핀다

행복도 마찬가지다

격포의 밤

동창회 한다고 모인
격포의 밤은 짧기만 하다

내일을 위해 잠을 청한 새벽 2시
떠들썩하던 숙소도
서서히 정적 속에 침몰하고 있는데

왜 저리도 바다는 잠을 이루지 못하고
우– 우–
쉐– 쉐–
몸을 뒤척이고 있는가

어쩌면
외로움에 잠 못 이루는
한숨 소리 같기도 하고
자기를 함부로 훼손하고 오염시키는
몰지각한 인간들에 대한
답답한 가슴을 쓸어내리는 소리인지도 모른다

주정뱅이 친구들은 꿈나라로 갔는지
격포는 이제
파도소리 이불 속에 잠이 들고

별들의 속삭임만
이슬처럼
대지를 적시고 있다

청학동

지리산에서도
깊숙이 깊숙이 자리 잡은 곳

한복, 서당, 갓, 상투
호미, 멍석, 외양간, 지게……
이런 것들이 초가집에서
저희들끼리만 자취하는 줄 알았더니

막상 가서 보니
현대 문명과 혼숙하고 있다

한방을 쓰지 않았으면 좋겠다

포기했던 산

나에겐 너무 높은 산이었다
그리우면서도 내가 너무 작아 보여
포기했던 산

그런데도
눈보라 칠 때마다
우연처럼 찾아와
나를 따뜻이 녹여주던 산

나는 이제 와서야
그 촉촉한 눈길과 따뜻함이
나에 대한 손짓이었음을 안다

지금도 산은 나를 품고 있을까
내가 오를 수 있는 계단 남아 있을까
그 밑에 물레방아
지금도 돌고 있겠지

나는 이제 와서야
그 위에 상상의 나무를 심어 놓고
열매를 딴다

바둑판

피비린내 나는 황산벌

벌판 여기저기
조조의 칼에 찔려 신음하는 병사들
우왕좌왕하는
포로들의 한숨 소리 짙게 깔린다

그 위에 울려 퍼지는 승리의 나팔소리

무리한 욕심의 광풍에 집을 날리고
떠도는 난민들의 행렬

젊은 시절 집 한 채 없이
전셋집을 전전하던 설움이
되살아난다

자충수도 모르고 축도 모르고
성동격서도 모르고

순진한 생각만 가지고 덤벙대던
지난날의 삶이 떠오른다

오직 흑·백 논리만 지배하는 세상
타협이란 없다
앉으면 싸우기만 하는 정치판이다

사각 링이 흔들린다
생사의 갈림길
십자로 한가운데
바둑알이 떨고 서 있다

나이트클럽에서

"장사 좀 합시다"하고
나이 든 사람 출입 금지한다는데
젊은 교사들 등쌀에 못이겨
나이트클럽에 들어갔다

현란한 불빛 속에
요동치는 젊음

파도에 밀려
한쪽 구석에서
이방인처럼 술만 마셨다

아름다운 젊음의 향기에 취해
같이 뛰고 싶었지만
체면이 옷깃을 잡아당긴다

고막이 터질듯한
광란의 고고타임이 끝나자

몸에서 빠져나온 스트레스가
바닥에 흥건히 고여 있다

젖은 수건을 짜듯
온몸의 스트레스
다 짜내고 갔으면 좋겠다

업소 이름이 '허심청'
'허심'이 한자로 虛心이었으면 좋겠다
술잔처럼 마음을 비우고 가는 곳

맥주잔에
젊음에 대한 질투를 다 따라 놓고
虛心으로 일어서니
나오는 발걸음이 당당해진다

낚싯바구니

낚싯바구니에
물고기의 비늘이 떠 있다

우리가 퍼덕이고 있는
삶의 바구니다

잠시 풀어 놓았다고 해서
촘촘한 바구니를 벗어날 수는 없다
자유를 묶어 바다에 내던져도
낚싯대의 유효 사거리를 벗어날 수 없다

삶에 볼모 잡힌 채
입만 뻐끔거리며
가쁘게 살아가고 있다

퍼덕일 때마다
바구니에
흐연 비늘이 떠오른다

불안

이번에 발표한
개혁의 구획정리 구역에
나도 포함되지나 않았는지

전화 함부로 받다가
보이스피싱 걸리면 어떡하지

어설픈 나의 시詩 함부로 내보냈다가
뺨이라도 맞고 다니면 어떡하지

종로에서 뺨 맞은 놈 괜히 지나다가
죄 없는 내 차 발로 차면 어떡하지

오늘도 거리를 점령한 촛불
언제나 사라질는지
큰불 번지면 어떡하지

몇 마리 안 되던 불안이

새끼가 새끼를 낳아
바퀴벌레처럼 줄지어 들어온다

3

소주병의 임무

남기고 싶은 묘비명墓碑銘

묘비명은 꼭 높은 사람만 쓰는 것이 아니다
누구나
지구 상에 왔다가 떠나는 사람들의 방명록이다

떠나는 마당에
방명록이 무슨 의미가 있을까마는
그래도 한평생 살다 가면서
한 마디 감회는 있을 것 같다
놓고 가든 가지고 가든

그래서 나는
나를 가정하여 묘비명을 생각해 본다

내가 만일
기업인이나 돈 많은 부자였다면

"좀 더 좋은 일을 하지 못하고 가서
죄송합니다"

이렇게 쓰고 싶다

그렇지 않고
지금처럼 평범한 사람이라면

"잠깐 나비처럼
세상 꽃잎에 앉았다가 갑니다"

이렇게 써 놓고 가고 싶다

그리고 그 밑에 날짜와 생년월일
이름을 쓰면 그것이 바로
비석이요 묘비명이요
방명록 아니겠는가

침출수

평소
남들이
내게 무심코 던져 놓은
돌 더미 속에서
침출수가 흐른다

아프게 골을 이루며
번져 나간다

이러다간
그들이 심어 놓은
꽃나무 상할까 봐 걱정이다

세월이 내리면 씻겨 가겠지만
망각의 트럭을 대기시켜 놓는다

무게

텅 빈 그녀의 가슴속에
구름처럼 떠돌던 그리움이
마침내
무게를 이기지 못하고
눈물로 맺혀 떨어진다

추월산

담양호를 허리띠처럼 두르고 앉아 있는
어머니 품 같은 추월산

나는 갈 때마다
그 중턱
포근한 품에 안겨 도시락을 먹었다

그런데 오늘
담약 쪽에서 오다가
뒷모습을 보니

그 모습 어디 가고
깎아지른 절벽을 지니고 있다

어느 한쪽 면만을 보고
아는 체하고
평가하고
믿는 일이

얼마나 위험한 일인가

우리가 살아가는 세상
절벽이 너무 많다

앞에 보이는 것만 믿고 가다가
숨겨진 절벽에 미끄러져
나도
수없이 떨어져 죽었다

그 포근함 뒤에
절벽이 있었다는 것을
나는 몰랐다

구체구_{九寨沟}* 에서

누가 저 깨끗한 물에
잉크를 풀어 놓았는가

여기저기
욕조 같은 웅덩이마다
사뭇
파란 물이 넘쳐 흐른다

석회수가 만들어 낸
자연현상이라기엔
너무나 믿겨지지 않는다

아마도 선녀들이
옷감에 물들이기 위해 받아 놓은 게
틀림없다

※九寨沟: 중국 고산지대에 있는 원시적인 관광지.

85

시간이 멈추는 소리

찰칵!

소주병의 임무

건장한 소주 몇 병이
형사처럼 나타나더니
금세
그들의 입속으로 쳐들어간다

잠시 후
몸을 가누지 못하는 말들을 데리고 나와
바닥에 내동댕이친다

그 바람에
무질서가 엎질러지고 난리다

어떤 놈은 일어나
세상의 멱살을 잡고
어떤 놈은 바닥에 웃음을 토해 놓고

발가벗고 장난을 치는 놈

어디서 왔는지 놈들은 자꾸
숫자가 불어난다

얼마가 지나자
쑥스럽게 앉아 있던 오해들이
슬며시 다 떠나버린다

그제서야 소주병들은
가득 채워 가지고 왔던 임무가
다 끝났다는 듯
가볍게 빈 병으로 뒹굴고 있다

호화 묘지

왜 저기
죽은 자의 비석이 서 있지 않고
산 자의 비석이 서 있지

왜 저기
죽은 자가 묻혀 있지 않고
산 자가 묻혀 있지

담쟁이덩굴

절벽은
놓으면 죽는다

필사적으로 몸을 밀착하고
꽉 붙잡고 기어 올라가야 한다

힘줄이 끊어지면 죽는다

아래를 내려다보면 어지러우니까
위만 보고 올라가야 한다

저 담쟁이덩굴의 파란 눈과
절벽을 꽉 쥐고 놓지 않는
팔의 힘줄이
남의 일 같지 않다

12월

달력을 처음 걸면서
두툼하게 만져지던
기대와 소망

어느덧
벌써 12월

달랑 한 장만 남아
오 헨리O Henry의 〈마지막 잎새〉처럼 펄럭인다

세월이 뜯겨져 나간 자리
너무 아리다

겨울도
어젯밤 비에
훌쩍 커버렸다

거리에는

추위도 모르고 뛰쳐나온
낯익은 종소리 음악소리

이맘때면 어김없이 찾아오는 회한도
낯설지 않다

이달은
하도 모임이 많아
대부분
자물쇠를 채워 놓았다

꽁보리밥

고창 청보리밭에 가면
꽁보리밥이 유명하다

모처럼
옛날 생각이 나서 먹어보는
꽁보리밥

양쪽 볼테기에
미끈덩 미끈덩
꽁보리밥에 눈물 말아 먹던
어린 시절이 씹힌다

요즘
이밥과 육식에
식상이 나서 찾아온 젊은이들

호기심에 덩달아
부모님 따라온 어린아이들

저들의 입에선 무엇이 씹힐까

다음에 가면

잡상인이 사람들을 모아 놓고
새로 나온 본드를 선전하고 있다

이 본드는
나뭇조각, 유리조각, 플라스틱, 철판, 도자기
고무, 가죽……
못 붙이는 것이 없다고 시범을 보이며
목이 쉬게 선전하고 있다

다음에 가면
깨진 사랑도 붙일 수 있느냐고 물어봐야겠다

거슬러 받은 기쁨

나는 가끔 골목길에서
손수레 과일장수 아주머니를 만난다

가격이야
마트가 더 싸겠지만
아주머니 과일을 사준다

삶에 바퀴를 달고
버겁게 끌고 다니는 모습이
안쓰럽다

얼핏 보아 70은 넘어 보인다
어디가 아픈지
몸이 편해 보이지 않는다

삶의 모서리에 되게 찧었나 보다
그분의 가족들이 더 아프겠다

과일을 고른 후 잔돈이 없어
5만 원짜리를 건넸더니
나머지
2만 원의 기쁨을
거슬러 준다

백두산

수억 년 전
시뻘건 용암으로
끝내 폭발할 수밖에 없었던 울분

아직도 식지 않았는지
씩씩거리며 여기저기
김을 뿜어내고 있다

순간을 참지 못하고 폭발하는 일이
얼마나 무서운 일인가

그 속사정 듣고 싶어
정상을 찾았건만

지존至尊의 얼굴 함부로
보여주지 않으려는 듯

비바람과 안개가

앞을 가로막는다

바로 저쪽이
잘려나간
그리운 내 조국의 반 토막 북한인데

멀리서나마 바라보고 싶어
수만 리 달려왔건만

보아야 가슴만 아프다고
차라리 안 보는 것이 낫다고

비바람과 안개가
앞을 가로막는다

100m 앞도 잘 보이지 않는다

무심한 안개가 원망스럽기만 하다

죽은 누우

아프리카 초원에서
죽은 누우 한 마리를 놓고
달려온 사자들

서로 으르릉거리며
하얀 이빨을 드러내놓고
먹이 쟁탈전이 벌어졌다

잠시 전만 해도
그들은
서로 털을 핥아주던 다정한
형제들이었는데
형제들이었는데

마치 어느 집
재산 싸움 같다

수수께끼 무덤

우리 일행 다섯 명은 일주일에 두 번씩
배산을 돈다

그럴 때마다
네모 반듯하게
철조망을 쳐 놓은 묘 하나가 보인다

지나가는 사람들이
지름길로 건너갈 위치도 아닌데
무엇 때문에 철조망을 둘러놓았을까

잔디가 좋아 앉아 놀만 한 곳도 아니다

우리 일행은 끝내 의문을 풀지 못했다

이미 죽어 묻힌 사람이
나와서 도망칠 리도 없고

그렇다고 누가
그 무덤 속으로 들어간다고

연어

-남성 중·고 졸업 50주년 행사에 붙이는 시

지느러미도 채 여물지 않은
단치 새끼만한 치어로
뿔뿔이 저마다의 바다를 향해 흩어진 지
어언 50년

그 길고 험한 세월의 물살 거슬러
팔뚝만한 연어 되어 다시 모였네

머리는 하얗게 희고
몸은 지쳐 불편하지만
피부 깊숙히 배어 있는
짭쪼롬한 바다 냄새 파도 냄새

이마에 훈장 같은 주름살을 그리고
치어로 헤엄쳐 놀던 남성천南星川에
그리움 알을 나러 다시 모였네

교정의 구석구석 웅성이는

내 어렸을 때 모습 같은 후배들

학교가 두 번이나 이사하여 비록
옛 자취 사라졌건만
그 이름 南星은 더욱 빛나네

사랑하는 후배들이여!

"내 놀던 옛 동산에 오늘 와 다시 서니
산천이 의구依舊란 말
옛 시인의 허사虛辭로고…"
이 노래 들어봤느냐?

그 노래 진 뜻을 알려거든
50년 뒤
우리처럼 모교를 찾아와
다시 불러 보라

분재

분재원에 들렀다

분재들은 한결같이
처참하게 사지가 잘리고
철삿줄에 의해
자유와 의지가 꺾인 채
울고 있었다

이른바 잘 나가는 집 자식 같기도 하고
장애인 시설에 온 기분이다

구경꾼도 많다

아프게 생각하는 사람 하나도 없다
모두 감탄사만 울리며
사진까지 찍는다

신들도

인간을 그렇게 만들어 놓고
감탄사를 울리며 즐길지 모른다

미美에 대한 개념이 길을 잃는다

성당 포구

금강 하구둑이 생기면서
폐항이 되어버린 성당 포구

가파른 산 중턱에
손바닥만한 별장이 보인다

고등학교 시절
공부 좀 잘한답시고
목에 철심을 박고 다니던 동창생
김영곤의 별장이다

퇴직 후 가끔 내려와
無心을 껴안고 쉬었다 가는 곳

내 이름 하여 무심려無心廬라 불러본다

무심려 밑에는
허술한 농가에서 고향을 지키듯

폐선 같은 팔순 노인네가 살고 있다

영곤은 그 영감에게 열쇠를 맡겨 놓고
정박淳泊할 때마다 불러놓고
삼겹살을 굽는다

아직도
포구 입구에는
복요리 잘하기로 유명한
할매집이 있고 주막들이 있어
나그네들이 드나들고 북적이는 한
성당 포구는
더이상 폐항이 아니다

꽃들도

저 보드랍고 고운 꽃잎을 보라
달콤한 꿀과 향기로
버나비를 유혹하는 걸 보라

그리고 남을 찌르는 가시를 보라

아름다움이 어떤 것이고
달콤한 것과 향취가 어떤 것이고
아픔이 어떤 것인가를
꽃들도 다 알고 있다

다만 말이 없을 뿐

자살의 정의

자살은 자살이 아니다

잔악하고 힘센 고통과 절망이
그를 아파트 옥상에서 밀었거나
극약을 먹였거나 목을 졸랐으므로
분명 자살은 아니다

타살이다

김 석 천 시집

《시詩의 유방》

작품해설

부드러운 은유 속에 숨은 폭넓은 성찰의 힘

−깊은 경륜이 빚어낸 시적 변주와 그 감동

류 근 조

(시인 · 인문학자 · 중앙대 명예교수)

부드러운 은유 속에 숨은 폭넓은 성찰의 힘
-깊은 경륜이 빚어낸 시적 변주와 그 감동

류 근 조|시인

I

김석천과 나의 인연은 까마득히 먼 남성고교(현재 익산시 소재) 시절로 거슬러 올라가 시작된다. 당시 우수한 학생들로 채워지고 있었던 남성중학을 거쳐 남성고에 진학한 김석천을 내가 처음 만난 것은, 시골 남녀공학 중학교를 졸업하고 남성고로 진학해 같은 문예반 활동을 하면서부터였다.

당시 그 학교엔 한국 문단에서도 내로라하는 대가들이 국어교사로 재직하고 있었기 때문에 남성문학상 현상모집 또는 교내 백일장 등이 중요한 연례행사로 치러졌다. 그로 인해 교지 발간은 물론 간헐적으로 간행되는 타블로이드판《남성 학보》에 학생들의 문예작품이 매번 소개되면서 감성이 풍부한 학생들의 문학 창작열을 고무시키고 있었다.

그 때문인지 남성이라는 울안에서 문학상이나 백일장 등을 거쳐 훗날 문단에 데뷔해 지금까지 한국 문단의 거목으로 성장했거나 유명대학 국문과 교수로 재직했던 졸업생 수가 어림잡아 30여 명을 상회하는 것으로 보아 예사롭지 않던 당시 분위기를 엿볼 수 있는 충분한 근거가 되지 않을까 한다.

아무튼 교지나 학교신문 등에서 이따금 김석천의 시가 게재되곤 했던 것을 난 지금도 또렷이 기억하고 있다. 이뿐만 아니라 문학에 관련된 것 말고도 김석천이란 인물에 대해서도 내 뇌리에 각인돼 지워지지 않는 것들이 꽤 많다.

그는 당시 배산 아래 교외의 집에서부터 철길 따라 적지 않은 거리를 도보 통학한 것으로 알고 있는데 내가 한번은 김석천의 집에 놀러 갔던 기억도 있다. 주된 동기는 그 마을에 좋아하던 여학생이 살고 있었기 때문인데 당시 김석천이 눈치챘을지는 하도 오래전 일이라 이제는 가늠할 길이 없다.

그리고 이 외에도 김석천에 대해 유독 인상적으로 남아 있는 점은 미남형의 얼굴에 하얀 선으로 둘러진 노란 별이 반짝이던 교모를 검정색 쎄라교복 위에 받혀 쓰고 그 유명한 파바로티의 노래 〈별은 빛나건만〉을 멋지게 부르던 모습이다.

물론 졸업 후 각자의 길을 따라 대학을 나와 사회 활동을 하면서도 몇 번의 조우를 거치긴 했지만 마지막 만난 것은 지난 2009년 졸업 50주년 기념식장에서였다. 그때 행사 팸플릿에는 나와 김석천이 기고한 축시가 앞뒤로 실렸었다. 그 시가 이번 시집에 수록된 〈연어〉라는 모천회귀를 주제로 한 작품이다.

그런데 요 며칠 전 나는 전화로 그의 목소리를 다시 들을 수 있었다. 이유 없이 반가웠다. 그래서 부담 없이 우리는 서로 소식을 나눴는데 알고 보니 금번 상재하게 될 자신의 시집에 해설을 써달라는 부

탁성 전화였다. 반갑기도 하고 부담스럽기도 한 그런 전화였는데 나는 깊이 생각해볼 겨를도 없이 한순간 '그래?'하며 즉각적으로 반승낙을 하고 말아 그 대가를 지금 단단히 치르고 있다고 한다면 표현에 어폐가 있다고 할지도 모르겠다.

Ⅱ

내가 정확히 김석천의 원고를 속달등기로 받은 것은 채 이틀도 지나지 않아서였다.

총 65편의 원고를 날렵하게 연필로 써내려 간 세 꼭지의 적잖은 원고 뭉치지만 받자마자 나는 단숨에 완독했음은 물론 1998년에 김석천이 펴낸 첫 시집과 시인 정양이 쓴 해설까지 읽어냈다. 그 순간 때맞춰 김석천으로부터 다시 원고 수령 여부 확인 전화가 왔다.

나는 겁도 없이 어쩌면 약속을 지킬 수 없을지도 모르는데도 시를 읽고 직관적으로 떠오른 제목을 선불형식으로 전화통에다 대고 알려주고 본인의 소감까지 물었다. 아무리 구면의 친구사이라지만 그때 왜 그런 결례를 저질렀는지 모르겠다.

이상이 이 글의 제목이 이뤄진 배경인데 내가 예정한 위 제목의 주제에 맞게 잘 조응照應해 올지는 아직은 미지수다.

그래서 예부터 선학들의 입을 통해 전해오기를 어떤 장르의 글이든 그 첫줄 첫 문장이 그 글의 방향과 성패를 좌우한다 하지 않았던가.

그럼 이번 새 시집의 해설에서 그처럼 중요한 첫 화두를 그의 첫 시집 표제시《세상의 뱃속에 있다가》중에서 한번 찾아보기로 하자.

나는 조금 전 김석천과의 두 번째 통화에서 그의 모든 시를 통독한 후 즉흥적이고 반 진담 반 농담으로 다음과 같이 그 소감을 피력한 바 있다.

"나는 이번에 당신의 시를 읽고 내 자신이 그간 주마간산走馬看山 식으로 세상의 깊이를 도외시한 채 세상의 겉모습만 보면서 급급하게 살아오지는 않았나 하는 자괴감이 든다. 당신이 세상 깊은 속에서 어렵게 자맥질하면서 볼 것 다 보고 섭렵한 후 더이상 답답해 견딜 수 없어 세상 밖으로 뛰쳐나온 것이라면 내 경우는 그간 나름엔 열심히 쌓는다고 쌓아온 부실했던 기초공사, 즉 시적 내공을 제대로 쌓기 위해서 반대로 다시 세상의 뱃속으로 들어가야 할 것 같다."는 요지 의……

세상이 나를 소화시키지 못했는지
내가 세상을 소화해내지 못했는지
나는 그 어두운 뱃속에서
견디다 못해 뛰쳐나왔다

질서도 없고 하수구처럼
썩은 냄새만 그득한 속에서
나는 세상의 내장을
다 들여다보고
견디다 못해

뛰쳐나왔다

　-시 〈세상의 뱃속에 있다가〉 중에서

　굳이 필자가 기간시집을 인용하는 이유는 동명의 이 시속에서 금번 펴내는 두 번째 시집 《시의 유방》을 아우를 수 있는 해석의 개괄적인 근거를 찾을 수 있기 때문이다. 김석천은 《시의 유방》에서도 일관되게 부드럽고 쉬운 언어구사로 대상과 사건에 대해 접근하는 것은 물론 그 어투조차(소재나 주제만 달라졌을 뿐) 조금도 달라진 것이 없다.

　이를 화두로 이번 시집에 포함된 몇 편의 시를 직접 살펴보자. 특히 여기서 김석천의 시에서 먼저 유념할 점은 세상의 바닷속에서 일종의 포충망 역할을 하는 자신과 세계에 대하여 취하고 있는 준엄하리만치 가혹한 성찰의식이다.

　그 첫째는 시인이 가장 먼저 갖춰야 할 필수 조건으로서의 언어에 대한 성찰의식이다. 다음에 예시하는 시들 〈시의 유방〉, 〈모자이크 준비〉, 〈열쇠〉와 같은 작품이 그 대표적인 예에 속한다.

①내 시詩가 착용하고 다닐
　브래지어를 고르느라 고민을 한다

　젖가슴이 너무 드러나도 천하게 보이고
　너무 난해한 은유의 천으로
　투박하게 꽁꽁 동여매 놓으면

민가슴같아 설렘이 없고
-중략-

가슴이 보일락말락한 크기와
부드러운 질감이 전달될 수 있는
그런 천을 고르기가 쉽지 않다

-시 〈시의 유방〉중에서

②지금까지
사진기가 찍어 놓은 내 얼굴은
모두 진짜가 아니다

모처럼 내 진짜 얼굴 하나 만들어 놓고 싶어
밑그림 그려 놓고 모자이크 준비를 한다

잃어버렸던
과거와 외투도 찾아다 손질해 놓고
장롱 속 보석과 비밀도 꺼내 닦아 놓는다

지갑은 펼쳐서 붙이는 것이 좋겠고
슬픔에 젖은 운동화는 빨지 않고
고랑내도 함께 붙였으면 좋겠다

내장은 분해해서
소화력이 약한 위장병도 걸어 놓고
불의不義를 분해 못하는
간도 꺼내 걸어 놓고
－하략－

－시 〈모자이크 준비〉중에서

③문이 굳게 닫혀 열리지 않는다

여럿이 각자 열쇠를 가지고 왔지만
열리지 않는다

급기야
자기의 살을 깎아 만든 열쇠가 등장했다
금세 열릴 것 같더니
다른 열쇠의 자존심만 파손시켰다

이제
열쇠가 열쇠를 열려고 한다
더 어렵게 더 깊이 잠긴다

마침내
각자 가지고 온 열쇠를 모두 녹여

합금 열쇠를 만들었다
그제서야 열쇠가 들어가고
문이 스르르 열린다

−시 〈열쇠〉중에서

①의 경우: 시와 브래지어의 관계설정에서 시가 주개념이라면 브래지어는 종속개념 아니 보조개념쯤으로 보면 좋을 것 같다. 살아 있고 역동적이어서 감동적인 시(미인)를 쓰려면 이에 걸맞은 시적 방법과 언어선택(의상과 장식품 등)이 필수적일 뿐만 아니라 그것들이 시(미인)를 만들어 낼 수 있도록 균형 있게 배합되지 않으면 안 된다. 즉 내용과 형식의 관계에 있어서 최선의 함수관계를 찾아야 한다는 시인의 깊은 언어에 대한 성찰의식이 깔려 있다.

②의 경우: 이 시에서도 물론 얼굴은 일종의 내포 개념으로서 시를 말하고 여타의 시어들(과거·외투·보석·비밀·지갑·운동화·고랑내·위장병·간 등)은 원하는 시의 얼굴을 만들기 위한 보조 자료로서 시인이 지금까지 세상을 살아오면서 겪은 온갖 모순과 갈등의 체험적 요소들이라고 볼 수 있는 바, 여기서 시의 성패는 이것을 어떤 비율, 어떤 방식으로 배합하는가에 그 여부가 달려 있다. 그래서 그 효율성을 극대화시켜 시를 쓰지 않으면 안 된다는 시인의 자각과 고뇌 어린 성찰의식이 담겨 있다.

③의 경우: 역시 시인의 깊은 언어적 성찰이 주된 근간을 이루고

있다고 볼 수 있지만 그렇다고 열쇠와 시를 등가관계로 볼 수는 없고 (왜냐하면 여기서 열쇠는 단지 자물통 속에 들어가 그것을 열리게 하는 장치에 불과하므로), 이 시에서 자물통을 열려고 시도된 각종의 수단과 방법 또한 총체적 진리(whole truth)로서의 시가 지닌 본질을 제대로 이해하지 못한 데서 온 시행착오일 뿐이므로 실제 시와는 거리가 먼 일방적 접근방법임을 경계하고 있다.

그 두 번째 김석천의 시 전편에 포괄적으로 드러나고 있는 특징 중의 하나는 인간이면 누구나 습관적으로 지나치는 일상적인 사건이나 장면들을 예리한 시각으로 포착하여 놓치지 않고 거기에 가리어진 본질을 시로서 형상화하여 낯설게 보여줌으로써 읽는 이로 하여금 고도의 카타르시스와 감동을 느끼게 한다는 점이다.

이 점은 이 시인만이 지닌 깊은 경륜과 켜켜이 개념의 때가 묻어 있는 대상의 갑옷을 벗겨 낼 수 있는 창조적 상상력의 힘이 아닐까 싶다. 사물에 생명력을 불어넣을 수 있는 최선의 방법으로써……. 그리고 그 대표적인 경우가 〈소주병의 임무〉, 〈분재〉와 같은 시가 아닐까 한다.

①건장한 소주 몇 병이
  형사처럼 나타나더니
  금세
  그들의 입속으로 쳐들어간다

  잠시 후

몸을 가누지 못하는 말들을 데리고 나와
바닥에 내동댕이친다

그 바람에
무질서가 엎질러지고 난리다

어떤 놈은 일어나
세상의 멱살을 잡고
어떤 놈은 바닥에 웃음을 토해 놓고
−중략−

얼마가 지나자
쑥스럽게 앉아 있던 오해들이
슬며시 다 떠나버린다

그제서야 소주병들은
가득 채워 가지고 왔던 임무가
다 끝났다는 듯
가볍게 빈 병으로 뒹굴고 있다

−시 〈소주병의 임무〉중에서

②분재원에 들렀다

분재들은 한결같이
처참하게 사지가 잘리고
철삿줄에 의해
자유와 의지가 꺾인 채
울고 있었다

이른바 잘 나가는 집 자식 같기도 하고
장애인 시설에 온 기분이다

구경꾼도 많다

아프게 생각하는 사람 하나도 없다
모두 감탄사만 울리며
사진까지 찍는다

신들도
인간을 그렇게 만들어 놓고
감탄사를 울리며 즐길지 모른다

미美에 대한 개념이 길을 잃는다

－시 〈분재〉전문

시 ①의 경우 : 지금은 세태가 많이 변해 마시는 술의 종류나 그런

술자리 광경을 쉽게 찾아볼 수 없게 되었지만 ①의 시에서 보여준 상황설정은 시인이나 필자의 경우 아주 쉽게 떠올릴 수 있는 보편적인 배경이 아닐까 싶다. 그래서 이 시는 오랫동안 한국적 관습에 대한 그 본질을 꿰뚫는 총체적 의미로써 그만큼 파괴력을 지니고 낯설지만 신선함으로 다가온다.

언제 어디서나 쉽게 목격할 수 있었고, 또 있을 수 있어 얼만큼 용인되기도 한, 언뜻 보기엔 무절제하기만 한 듯 보이지만 우리 한국 전래 술자리의 처음과 끝을 무질서한 그 형태와 관련시켜 인간의 삶을 이어가는 모습으로 아주 적나라하게 잘 보여주고 있다고 볼 수 있는 바, 이는 단지 허무맹랑한 술자리의 인간 형태를 고발하는 데 그 초점을 맞췄다기보다는 이 시인만이 지닌 통찰력이 빚어낸 새로운 시 세계의 창조를 의미하는 것으로 해석해야 한다. 원근법의 활용을 통한 세계(대상)에 대한 접근, 거리유지와 그 균형감각과 그것들을 하나로 묶어 은유의 그물로 드러내는 시인의 시적 기량과 안목이 놀랍다.

시 ②의 경우: 이 한 편의 시 속에 세상의 모든 모순과 갈등의 원인 그리고 부조리한 상황 등을 뭉뚱그려서 짓이겨 반죽해 놓은 듯한 느낌이다. 그야말로 선악의 개념은 물론 행·불행의 경계를 넘어 모든 것이 왜곡되고 혼재해 있는 인간 삶의 본질적인 문제이기도 한 모순과 갈등의 구조를 시로서 형상화하여 무릇 읽는 이로 하여금 인식의 공유를 끌어낼 수 있도록 하기에 충분히 성공한 작품으로 평가해도 좋을 것이다.

Ⅲ

　이상에서 필자는 주로 김석천의 시 세계를 기간시집《세상의 뱃속에 있다가》와 이번 시집《시의 유방》을 일원적인 소위 콘텍스트con-text 개념을 접목시켜서 좀 거칠고 개괄적이긴 하지만, 그 바탕에 폭넓은 성찰의 힘이 작용하고 있음에 논의의 초점을 맞췄다.

　하지만 이러한 논의의 범주에 들어 있지 않은 것 중에서 한 가지더 김석천의 시에서 간과해서는 안 될 특성을 찾는다면 한국의 전통사상인 선비정신의 근간을 이루는 풍간정신諷諫精神이 아닐까 싶다. 깐깐하여 불의를 참지 못하고 비판적이었던 옛날 한국 재야의 선비들이 지녔던…….

　어쩌면 시인에겐 천성적으로 세상과 각을 세워 세상과 불화할 수밖에 없는 존재론적 주장이 오히려 더 설득력 있을지 모르지만…….

　그러면 이제부터 다음에 제시하는 시들에서 한번 그 정황을 살펴보기로 하자.

①상패야
　내 너에게 전화한 적도 편지한 적도 없는데
　어찌 왔느냐

　너야 그럴 리 없지만
　내 들은 바로는
　사창가에서 저자거리에서

너희들을 보았다는 사람이 많은데
막상 너를 대하니 두려움마저 드는구나

더러
너희들이 하도 반반하고 만만하니까
일부 못된 사람들이
가져다가 출세의 독을 괴고
심지어는
병풍 대용으로도 이용한다는데 정말이냐
―하략―

―첫 시집의 시 〈상패에 대한 훈계〉중에서

②이웃 나라 어느
　애국자라는 사람들 머릿속에
　왜곡歪曲의 못이 박혀도
　너무 깊이 박혀 있다

　입을 벌릴 때마다
　그 못 끝이
　입속까지 튀어나와
　참으로 볼썽사납다

　치과도 필요 없다

공구상에 가면 된다

　-시 〈못〉중에서

　①의 시에서 자신에 대한 준엄한 성찰이 대사회적 대타자적 비판으로 이어지고 있다면 ②의 시는 타자에 대한 준엄한 질타의 힘이 실려 있는 예라고 할 수 있다. 이와 같은 풍간정신이 그 근저에 자리 잡고 있는 시들은 이 외에도 〈후회〉, 〈호떡〉, 〈새만금 방조제〉, 〈청학동〉, 〈바둑판〉등 꽤 많은 작품들로 이어지고 있어 특별히 관심을 끈다.

　그리고 다른 차원에서 보면 컴퓨터 작업이 많이 서툴러 애먹으면서도 끝까지 해설을 책임지도록 도와 즐거움을 안겨준 시들이 있다면 〈술안주〉, 〈브레이크〉, 〈나이트클럽에서〉, 〈무게〉 등 다양한 색채의 작품들을 꼽을 수 있을 것 같다.

Ⅳ

　일찍이 용아 박용철은 그의 〈시적 변용에 대하여〉란 글에서 '우리의 모든 체험은 피(생명) 가운데로 용해되어 알아보기 어려운 기록을 남긴다' 그리고 이것을 '예민한 감성을 지닌 시인만이 끌어내어 시를 창조할 수 있다'고 했다. 그래서 이러한 시인들을 가리켜 하느님의 다음가는 창조자라고 했다. 그러나 시인에 대한 비유의 글은 여기서 끝나지 않고, 시인을 우리(사람) 가운데서 자라난 한 그루 나무에 비유, 청명한 하늘과 적당한 온도 아래에선 무성한 나무로 자라나고,

담천(궂은 날씨) 아래에서는 험상궂은 버섯으로 자라날 수 있는 기이한 식물이라고 하였다.

　시인 김석천은 타고난 감성으로 청소년 시절부터 지금까지 반세기 가까운 풍상우로風霜雨露의 인생 여정을 쉬지 않고 시를 품고 시를 괘념하면서 시의 나무로 살아왔다. 지금 그의 나이는 막 칠십대 중반을 넘어서고 있다. 비록 그가 지금까지 많은 시집을 세상에 내놓은 편은 아니지만 금번 새 시집을 내게 되는 것을 계기로 오랜 친구, 그것도 시의 길을 같이하는 필자로서는 그가 지금까지 한 사람의 시인으로서 얼마나 성실하게 살아왔는지를 확인할 수 있는 기회가 되어 너무나 기쁘다. 앞으로 시인으로서의 그의 장도에 끝없는 창작의 기쁨과 아울러 영광이 함께하길 기원한다.

서기 2014년 경칩 날 서울 서초동 소재
누陋 집필실 '도심산방都心山房'에서